U0575878

花间一笑禅

李旭东　著

中国财富出版社

图书在版编目（CIP）数据

花间一笑禅/李旭东著. —北京：中国财富出版社，2018.11

ISBN 978-7-5047-6791-2

Ⅰ.①花… Ⅱ.①李… Ⅲ.①诗集—中国—当代 Ⅳ.①I227

中国版本图书馆CIP数据核字(2018)第251168号

策划编辑	宋　宇	**责任编辑**	齐惠民　郭逸亭		
责任印制	梁　凡	**责任校对**	孙会香　张营营	**责任发行**	张红燕

出版发行	中国财富出版社			
社　　址	北京市丰台区南四环西路188号5区20楼		**邮政编码**	100070
电　　话	010-52227588转2048/2028（发行部）			010-52227588转321（总编室）
	010-68589540（读者服务部）			010-52227588转305（质检部）
网　　址	http://www.cfpress.com.cn			
经　　销	新华书店			
印　　刷	天津雅泽印刷有限公司			
书　　号	ISBN 978-7-5047-6791-2/I·0284			
开　　本	710mm×1000mm　1/16		**版　　次**	2019年1月第1版
印　　张	11.75		**印　　次**	2019年1月第1次印刷
字　　数	153千字		**定　　价**	48.00元

版权所有·侵权必究·印装差错·负责调换

作者
简介

　　李旭东（笔名李晋），男，博士，大学教师，从事信息科学教育和研究，喜爱古典诗词和人文历史，因此对自然历史、人类历史以及现代科技文明的发展规律有着深刻的认识。基于这些认知创造了若干古体诗，这些诗有鲜明的历史感和时代感，作者努力突破以往古体诗只表达旧事物的局限，而尝试用古体诗来表达对当今时代和科学文明最新进展的感触，从而使得古体诗获得新生。现结集成书，以期待与读者产生共鸣。

内容简介

　　本书为李旭东（笔名李晋）先生的七言古体诗诗集，共收录161首七律和七绝，内容广涉古今。本书分为四部分，即四时（四季变化）、八方（游历）、过往（历史）、如来（作者的心路体验）。诗歌内容涵盖了历史人物评说，以及对当下信息科技发展的总结，因此具有鲜明的历史感和时代感，相信定能引起读者的共鸣。

如果你能读懂我的心，那你一定能读懂我的爱。

——戈登·莱特富特

　　站在人生和时代的十字路口，我踟蹰不前，于是宴坐闲池，似睡非睡，暂以安顿那彷徨的灵魂。

　　恍惚间，天地鸿蒙，我看到久远的历史向我迎面走来，或欢喜，或忧伤，或霸道，或悲愤，或刚烈，或无奈，或逍遥，或卑微，始于模糊近而清晰。

　　我看到了三皇五帝开创了人类文明，人们从此不再茹毛饮血；我看到了周公吐哺创立了礼乐文化，人们从此载歌载舞；我看到了礼崩乐坏的无义春秋，也看到了秦皇汉武的千古霸业，人们从此热衷于上疆场弯弓月。历史不断上演着一幕幕英雄逐鹿、大江东去的故事……

　　那些有智慧却又看透沉浮的绝顶高人，一如老聃、庄周、陶令、吕仙等自愿乘云驾鹤，虽然壮志未酬却也逍遥自得；那些有思想又有担当的济世圣贤，一如孔丘、孟轲、墨翟、杨朱等自堪当帝王师，豪情万丈却也遗憾千秋；那些有抱负但又怀才不遇的文人墨客，一如屈原、李白、杜甫、陆游等自比芳草美人，却也终归迟暮；那些擅权还又媚上欺下的佞臣贼子，一如庆父、赵高、董卓、秦桧自恃中流砥柱，却终究逃不过千古唾骂。

在这一群陆续走来的人中，我看到了石壕妇、卖炭翁、琵琶女、樵夫、悯农、养蚕人、放羊倌……看到了他们的辗转与奔波、辛苦与无奈；我看到了身陷囹圄的岳武穆仰天长问"天理昭昭，天理昭昭"的怒火；我看到了不适官场的吴承恩挥笔长书"坐观宋室用五鬼，不见虞廷诛四凶"的悲绝；我还看到了更多不曾认识的人，他们或是随波逐流，或是推波助澜，熙熙攘攘，一路走来又一路走过，我不忍忘却。

突然我看到一个再熟悉不过的身影，他也向我走来，他有些彷徨，时而仰天，时而后顾，而他的后面还有很长的队伍，我正要询问他的心事，刹那间，天空卷来重重迷雾笼罩了整个队伍，竟然要吞噬这一切。

我大喊一声！惊醒，原来是一场梦。

我抓起笔尝试着记录梦中的点滴，于是便有了这本诗集。诗集粗略地划分为四时、八方、过往、如来四个部分来阐发我的所见所思所感。

作为千千万万本阐发心灵感悟的书籍之一，本书以中国古体诗的形式见证历史、展望未来。与以往作品不同的是，本书生于 21 世纪初叶，立足于人类新旧文明交替的十字路口。

我愿借此诗集与有缘的读者们一起感受四季的交替、寻找八方的人迹石刻、追忆过往的世事无常，以及感悟当下无所从来亦无所从去的匆匆。

无论是帝王将相、文人骚客，还是普罗大众，他们各自演绎着自己的悲欢，于是也就构成了人类共同的历史。千百年来，在历史周期律的作用下，相同的故事不断地往复，每次重演只是换了不同的主角而已。

明白了这一切，便知重复是多么的没有意义！

然而时光飞逝，诚如三闾大夫屈原所言："日月忽其不淹兮，春与秋其代序。"

我希望我所做的不只是记录、不只是倾诉，更希望能令读者有所感悟。

李晋

东君草堂

2018年8月

目 录
CONTENTS

四时

春雪

时来渐暖乐春融，

难料浓云又北风。

晨起前行愁冷雨，

暮归回看笑白翁。

眼观雪舞期新象，

思量尘飞盼劲雄。

我劝天公穷剩勇，

铲除一切害人虫。

万象新

旧岁沉疴始悟真，
千疮欲解尚躬身。
一心学问十年冷，
奋笔驰书四季春。
夙障冰消需去日，
深功石筑定归秦。
莫疑天道君难顾，
且看今朝万象新。

丁酉立春

立春一般都在阳历 2 月 4 日，上一次 2 月 3 日立春是在
120 年前，很罕见，感慨之。

天干鸡唱庆新年，

四季春回在眼前。

冰雪消寒融四野，

东风渐暖唤桑田。

近观草木生机旺，

远看人间万态全。

再次逢三双甲后，

谁知风雨百年烟？

人日

正月初七在中国传统文化里称为人日，相传女娲创造万物时第七天创造了人类。这一天家家户户都要庆祝一番，尽管各地风俗不尽相同。

初七新岁庆春回，

万户飞烟美馔来。

春饼面条争上阵，

青萝水饺竞高才。

抛书时久肴何在，

笑看拙妻懒灶台。

莫为珍馐愁粉黛，

直须有酒待花开。

东风

寒江望海过城头，

数九余霜暖意犹。

雾锁仙山人不见，

潮堆古岸浪空浮。

春秋百载周王叹，

草木千年孔圣愁。

为问东风何日顾，

好寻旧梦到秦州。

元宵节

烟花璀璨庆元宵，

歌舞欢腾尽舜尧。

人海如织观玉月，

明灯万盏耀千娇。

依稀旧事难回首，

望眼今春愿雨调。

昨日东风先遣至，

应怜草木共逍遥。

丁酉元宵节

回想起 2016 年诸事不顺都已过去，无限感慨！

去年今日酒穿肠，

对月独酌脊背凉。

偶有阴晴诚小事，

贯无朔望岂寻常。

风云突变谁人忘，

江海翻波大浪狂。

曾忆冰封多坎坷，

今朝春近莫荒唐。

戊戌上元节

2018 年 3 月 2 日晚，今宵此月又大又圆又蓝，据说百年一遇。

醉眼朦胧望玉盘，

今宵咫尺竟无言。

问心何惧摧青骨，

搔首忽觉愧老魂。

灯舞曾圆千户梦，

烟花新禁万家门。

阴晴光转寻常事，

静览春秋过上元。

倒春寒

北风呼啸夜来欺，

春日邀约或恐迟。

无奈愁云堆暴雪，

可筛浊酒话清诗。

四时波动寻常事，

天道依规莫作疑。

冷暖人间著百态，

任它狂野任它吹。

西湖春

西湖漫雪近春寒，
暮色沉烟远塔残。
垂柳思眠风又起，
碧波拍岸冻衣冠。

重回家

2017 年 3 月 1 日，经历了一年的劫难和诉讼，房子终于初步修缮完毕，今晨重新搬回家之际，天公飞雪片刻，然后放晴。

无妄灾劫旧岁沦，

艰难怒恨叹迷津。

顿开万类知常道，

笃定丹心守正神。

火炮齐鸣诸鬼散，

清香一炷众仙巡。

苍龙身感飞白雪，

玉帝心通化早春。

雪霁

孟春飞雪意遮天，
过境黑云令水寒。
昨日临冰无所惧，
今朝沐暖淡添欢。
阴阳知替一心定，
冷热逐波四季安。
论道还须亲煮酒，
舒眉莫要只凭栏。

春心

冰雪消融冻地开，
生机勃现竞相催。
巡天潜底因何事，
万苦千辛育栋材。
三月鲫鱼期护仔，
经春幼鸟盼亲回。
世间母爱通灵类，
心护慈悲筑圣台。

春分

斜风细雨过春分，
一树桃花半树纷。
独对芳尊心不语，
回眸残梦泪殷勤。
东风款至芽初嫩，
旧燕迟归叶已欣。
莫道多情容易老，
而今健步但惜君。

看花人

桃红飞绽沁芳春，
柳绿含烟嫩色新。
款步临风闻鸟语，
满园笑待看花人。

丁香花

满园春色，丁香花绽放，杨柳飘絮，无限感慨。

雨过寒食旧事缠，
人间半月换新篇。
垂腰玉柳飘飞絮，
扑面丁香绽笑妍。
一扫愁云携好酒，
乐循绿意访郊田。
无边草木争春劲，
且趁东风万里传。

迷迭香

　　迷迭香，英文名为 rosemary，其色幽蓝，其香浓烈，常被赋予"回忆"之义。余旧日曾闻此名，但不知其内涵，若干年后偶然再遇迷迭香，颇为感慨。

迷迭香草旧曾闻，

懵懂十年一日熏。

平喘消咳风痛止，

明神醒脑正觉昕。

青蓝不语重相忆，

芳露无踪暗泪纷。

偶步花丛思绕顾，

霜尘漫染怯逢君。

清明逢雪

2018 燕赵一带清明日前忽降大雪，一时骤冷。

何事难缠脚步迟，

北国已是燕归时。

原应梦里芳菲艳，

但盼人间玉蕊奇。

塞外惊云携乱雪，

门前故柳展新枝。

谁怜万类冰霜涣，

遥看东君有所思。

渔阳春

楚楚春棠绽锦花，
青青杨柳泛新芽。
渔阳四月头飞雪，
路上行人面掩纱。

春水

又名《引力波有感》，选自《东君草堂诗选》。

一潭春水照明台，
半点清滴破镜开。
但见千重涟漪去，
无人知是玉蜓来。

游春

天公乍暖泄春光，

大地回苏唤艳妆。

细柳枝开期漫舞，

山桃花绽欲留香。

上林举目争四顾，

紫陌拾足忘路长。

世案劳神容易老，

劝君游野莫彷徨。

放纸鸢

柳绿桃红次第传，
名花宝马竞相牵。
满城风景何堪意，
笑看儿童放纸鸢。

晚春

千红掩绿满春城，
热闹纷繁斗艳名。
三月芳菲无胜负，
百年傲骨有输赢。
熟读万卷从长计，
饱览群山历远行。
蔽日黄沙今又至，
且安心绪赋诗情。

初夏

花开醉眼鸟争鸣，
花谢无踪寂寞亭。
最是匆匆春事了，
轻波绿水露浮萍。

月圆观海

月圆观海一时兴，
夜色微蓝径自矜。
细浪无声潮渐退，
波光漫动月初升。
沙中小蟹期酣梦，
镜里佳人盼久恒。
相伴相拥言不尽，
此情此景意长凝。

江村夏夜

首次发表于《东君草堂诗选》，今选入新册。

仲夏江村垂钓晚，
流萤举火照家还。
夜深人静无风月，
听取蛙声伴枕眠。

立秋

百里荷花百里蓬，

满湖秋水满湖风。

个中甘苦谁同醉，

任那沙鸥笑老翁。

初秋夜雨

首次发表于《东君草堂诗选》，今选入新册。读之，当时情景犹历历在目。

纠缠暑气遁觉迟，
翘首新凉至未期。
瑟瑟西风携落叶，
潇潇秋雨漫残池。
细推万物无穷变，
静待四时莫测机。
道法自然知往复，
人循天地见常师。

秋游

极目晴空万里秋，

闲云野鹤任高游，

无边红叶随风舞，

寥廓平江向海流。

潮打荒滩惊蛤蟹，

浪拍苇岸现沙鸥，

蓬莱好景诗仙梦，

从此江湖驾小舟。

秋雨

无边红叶染秋霜，
寂寞愁云万里长。
闲看金风添热闹，
卧听山雨话凄凉。

秋思（一）

首次发表于《东君草堂诗选》，今选入新册。

地转星移物态匆，

独登秋岭览群峰。

层林漫染谁曾会，

绿野斑驳日渐慵。

黄叶随风难由己，

残花逐水了无踪。

一杯浊酒思如絮，

遥望长安醉意浓。

秋思（二）

乐寻美景远足游，

踏遍青山意尚犹。

姹紫嫣红难却步，

新凉入骨猛回头。

风吹叠翠山层染，

雨点清溪水漫流。

独坐高亭黄叶落，

长安九月日惊秋。

秋思（三）

梦落何时百果红，
临风独步觅芳踪。
残荷摇曳惜凋影，
老树躬身忆旧容。
凫鸟徊游知水冷，
雁群一字叹山重。
秋光传遍谁人会，
遥望高天醉意浓。

丁酉九月九日感怀

自1976年9月9日毛泽东同志逝世起，至今已四十一年，他的功绩举世瞩目，他会被永远怀念。

寒蛩凄语感新凉，

黄鹤别游痛旧殇。

天下公田皆富贵，

人间私土剩黄粱。

仙家指路真情切，

蚂蚁摸石苦海茫。

此去蓬莱多少难，

依稀梦里近桃乡。

国庆感怀

百年风雨故国危，
欲挽沉浮试问谁？
革命仁人抛热血，
红装儿女铸雄师。
人民做主千秋梦，
华夏新篇指日期。
莫惧前行伏虎豹，
愿随先辈续传奇。

中秋感怀

九霄畅饮望中州，

何事苍生尽仰头？

寂寞嫦娥飞玉殿，

婆娑桂影掩新眸。

忽闻诗客愁明月，

又见词家困小楼。

天上不觉些许日，

人间已历数千秋！

丁酉中秋连雨

潇潇细雨欲连周，

为问天公底事愁？

只手长挥遮望月，

千云齐下冻寰球。

寒烟漫笼山失翠，

白雪忽来海患浮。

谁道姮娥今冷否，

人间三日尽知秋。

依韵和朱熹《劝学诗》·秋风吟

六国心事晚来成，
回首千锤一笑轻。
但卷西风随吾梦，
寰球凉热共秋声。

《劝学诗》

朱熹

少年易老学难成，一寸光阴不可轻。

未觉池塘春草梦，阶前梧叶已秋声。

重阳节感怀

寒风冷雨紧相摧，
秋近重阳百感堆。
遍地黄花争自放，
草堂菊蕊待时开。
半生逐梦情难续，
一世酬恩意久徊。
心有高山攀不得，
眼前浊酒欲贪杯。

重阳访旧

西风萧瑟近重阳，

故地斑驳叹世凉。

百转十年招旧部，

千辛一梦建新堂。

时飞人老雄心短，

雨打花残冷意长。

满捧茱萸谁欲戴，

无端把酒且徐尝。

冬日翠柳

近日见门前几棵柳树在寒冬中依旧翠绿，而周遭已是万木凋零，颇有感慨，故赋诗以记之。

恍惚冬月已成邻，

惊看堂前片绿新。

千里寒云君不惧，

万枝翠叶雪空频。

莺啼燕语别多日，

花谢花开梦几旬？

举世风华皆似败，

此中故柳尚遗春。

初雪

首次发表于《东君草堂诗选》，今选入新册。读之，犹忆当时。

凄风冷雨任著身，

凌雪初成泪有痕。

雨去魂留①因旧梦，

菩提空老忆前尘。

注释：

①雨去魂留：鲁迅先生在《雪》中说，"那是孤独的雪，是死掉的雨，是雨的精魂"。

夜雪

野云压境北风寒，
飞雨凌冰近雪天。
玉卷连篇催刻漏，
奇思落笔忘人烟。

小至日依韵和杜甫《小至》

冰河铁马夜频催，万里由缰何日来。

曾记骠姚舒汉宇，依稀李广卷尘灰。

遮天飞雪知青柏，冻地吹寒敬蜡梅。

风物萧然春梦在，且翻旧卷再添杯。

《小至》

杜甫

天时人事日相催，冬至阳生春又来。

刺绣五纹添弱线，吹葭六琯动浮灰。

岸容待腊将舒柳，山意冲寒欲放梅。

云物不殊乡国异，教儿且覆掌中杯。

岁末感怀

年关将至意难平，
独坐无眠夜几更。
浅唱骚人诗百首，
愁思夫子路千程。
太白斗酒今朝醉，
工部流离旧事萦。
欲览绝学因往圣，
忘观风雨愧苍生。

盼雪

旧书百卷寄田间，
蓬发孤心筑杏坛。
淡看烟轻经岁舞，
难容菌恶一冬欢。
燕南此地独无雪，
赵北今朝只剩寒。
草木凋零多慨叹，
呼风倒海浪波宽。

八方

游姑苏城

百代铅华吴越地，
廊桥曲径满江城。
王侯次第濯沧浪，
名士交相赋雅亭。
渔火依依人不寐，
霜枫瑟瑟夜犹清。
寒山寺外前尘客，
问道钟声伴水行。

访寒山寺二和尚

　　昔日寒山问拾得曰：世间谤我、欺我、辱我、笑我、轻我、贱我、恶我、骗我，如何处治乎？拾得云：只是忍他、让他、由他、避他、耐他、敬他、不要理他，再待几年你且看他。

枫桥寺里闻二圣，

不顾明台置正经。

但看拾得听水起，

遥观寒子笑风生。

游西湖

首次发表于《东君草堂诗选》，今选入新册。

泛舟摇橹近云烟，

把酒传歌远海山。

最爱西湖今日静，

断桥身后忘人间。

再游西湖

梦入红尘世半磨，

十年纵马远天涯。

金鞭玉辇人愁顾，

宝盖轮台吾笑奢。

万卷清诗交故友，

千杯粕酒对新花。

愿得四海同安泰，

莫为英雄起浪沙。

春过秦皇岛

2017年早春路过此地，三年矣！

春近昌黎柳未裁，

人临山海踏荒台。

秦皇万里寻仙处，

更遣东风早日回。

游孟姜女庙

雄关峻莽壮山城，

云水微茫近海瀛。

虎踞龙盘争地主，

欧飞鹤舞慕仙鸣。

六王祖业千秋替，

一帝新功万里征。

往事依稀何处觅，

望夫石碎不堪情。

游张北草原

阁山桦岭赛仙庐，
六道长城并野狐。
自古兵家征战地，
今朝天路贯三都。

咏精卫填海

灾患滔天时已久，
旦夕难抵唤真英。
舍身娃女迎风冽，
得命苍生掩泪鸣。
衔木精灵泽后世，
填石燕鸟忆前生。
多情自古痴无悔，
骇浪千秋海未平。

江城怀古

武昌起义揭开了辛亥革命推翻两千年封建帝制的序幕，最终经过几代革命志士的前仆后继，终于成立了新中国。而新中国的灵魂就是以"全心全意为人民服务"为宗旨的毛泽东思想！

帝制居高至上权，

苍生苟且命堪怜。

安民牧马飞鞭挞，

治吏驱奴擂鼓悬。

革命江城翻旧页，

人文五四启新篇。

悠悠百载风多荡，

历历残痕念尚缠。

黄鹤楼怀古

汉家沙场数千秋，
络绎华生到此游。
纵笔挥文多洒泪，
凭栏仗剑亦生愁。
谁闻骚客衷肠解，
唯见长江雾霭浮。
黄鹤楼前伤旧事，
今朝酒醒慕仙舟。

岳阳楼怀古

方追伟迹踏潇湘，

又慕名篇上岳阳。

云梦沉浮连苦海，

君山缈杳隐蓬乡。

千秋旧地哀兴替，

万卷新波叹世茫。

愿效吕仙①图一醉，

莫学工部②诉衷肠。

注释：

①吕仙：指唐代吕洞宾。

②工部：指唐代杜甫。

沈园怀古

南宋爱国诗人陆游一生波折不断，不但仕途坎坷，而且与表妹唐琬的爱情也很不幸。

几回梦里绕园行，
数载人间眺琬城。
画角新鸿难解意，
东风故柳不堪情。
残诗粉泪香消尽，
断壁愁肠玉碎萦。
百念悲凉空渡世，
绵绵遗恨怯来生。

观唐代瓷器题诗

　　偶见唐代铜官窑瓷器（1974-1978年间出土于湖南长沙铜官窑），该唐瓷题诗曰："君生我未生，我生君已老。君恨我生迟，我恨君生早。"吾闻后颇为感慨。

　　慢捧唐瓷难释手，

　　不因古器只因词。

　　百年欢爱惜时短，

　　一见倾心恨岁迟。

　　旧物犹存思有泪，

　　孤魂空绕念无遗。

　　依稀往事随云淡，

　　海誓山盟莫问谁！

游武侯祠

首次发表于《东君草堂诗选》，今选入新册。

群雄并起问谁行，
计对隆中仰大名。
天下三分非久据，
汉家一统意重生。
南征毛地民安道，
北进中原帝业兵。
咫尺功垂时不便，
徒留长泪锦官城。

滴水洞怀古

　　20世纪60年代毛泽东主席在滴水洞中休养时，思考谋划了当时世界与中国的重要问题，这些谋略至今仍然影响深远。

踏破青山一念牵，

独寻滴水洞中仙。

莺歌时有核雷舞，

虎视何无大战煎？

坐看浓云谋万世，

冥思久略定千年。

力将衰骨燃余烬，

弹指人间越旧篇。

游伽蓝寺

2017 年春日回故乡，重回儿时荒村，并偶游伽蓝寺。

春风万里伴儿男，
绿野生香旧梦谙。
一日长足开口笑，
卅年空忆解心惭。
茫茫世幻山形故，
历历前尘燕影昙。
走遍天涯思净土，
回眸此地有伽蓝。

观静山

山东潍坊寿光境内有一座东西长 1.24 米、南北宽 0.7 米、最高处距地面 0.6 米、有四条南北走向水纹、地表之下深之莫测的小山，名曰静山。

平川沃野小石孤，
欲问何年路此途。
智叟深挖东岳底，
愚公笑看太行虚。
山高咫尺三身越，
水道分明百感吁。
尘世悲欢千载过，
焉知寰宇但须臾？

三垂冈怀古

飘摇落日起狂风，力挽山河奈暮匆。

醉看荒城心欲碎，愁观稚角羽何丰？

百年歌罢奇男立，千载云横旧梦空。

铁甲残痕呼战鼓，三垂冈上忆英雄。

《三垂冈》

严遂成

英雄立马起沙陀，奈此朱梁跋扈何。

只手难扶唐社稷，连城犹拥晋山河。

风云帐下奇儿在，鼓角灯前老泪多。

萧瑟三垂冈下路，至今人唱《百年歌》。

大青山怀古

巨龙遁迹阴山后，

娲祖抟人一脉传。

石刻万年言不尽，

雕弓千载意难缠。

近观北海黄花断，

远望荒沙冻地连。

愿借瑶池八骏马①，

春风随我过燕然②。

注释：

①八骏马：相传周文王曾向王母娘娘借得八骏马巡天。

②燕然：燕然山，今在蒙古国。

游长白山天池

海客寻仙慕盛名，
谢公到此不虚行。
云松雾桦遮天路，
暗泻飞流彻耳声。
万壑千崖极地冷，
一时四季九霄清。
今朝冠顶白山小，
笑看人间大水坑。

游方特欢乐世界

余观方特欢乐世界中的飞跃极限、东方神韵等虚拟现实
节目，颇有感慨。

太虚境里望人间，

微步凌云去九天。

半刻驰行八万里，

须臾历尽五千年。

回眸往事光阴转，

放眼寰球日月悬。

慨叹新科通幻世，

笑观沧海变桑田。

重登万里长城

恍然廿载再登峰，

华发催生旧事匆。

屈指亦堪称好汉，

回眸不敢笑英雄。

苍蝇乱耳嗡嗡叫，

猛虎纠心阵阵隆。

断壁无涯连草木，

千秋依旧话长风。

重游圆明园

再游圆明园，别有一番滋味，岁月不堪回首。

红尘世幻不堪磨，

数载重游感泪多。

曲径幽林倾怨语，

荒台断壁诉干戈。

云遮碧海①添新绪，

雨过巫山②映旧波。

谁记轻舟妃子笑，

年年唯有一池荷。

注释：

①碧海：指昆明湖，亦称西海。

②巫山：指玉泉山。雨后的玉泉山被夕阳照耀倒映在西海，波光粼粼，一片静谧。

游小站练兵处

袁世凯于天津小站置练新军、广设学堂、精选人才，从而一发不可收！

百年心事岂堪忧，

巨野龙蛰正待谋。

沥血读书愁仕举，

练兵养晦笑王侯。

兴学重教推新政，

守土强军补碎瓯。

假使共和身便去，

一生功业可千秋？

览燕然山铭

　　内蒙古大学发布消息称："2017 年 7 月 27 日至 8 月 1 日，中国内蒙古大学蒙古学研究中心与蒙古国成吉思汗大学合作实地探察，解读东汉永元元年（公元 89 年）窦宪率大军大破北匈奴后所立摩崖石刻。经过认真辨识，确认此刻石即著名的班固所书《燕然山铭》。"

狼烟阵阵扰萧关，千载王孙意不眠。

汉将新功石隐迹，龙城故土草联翩。

舍身绝战平胡虏，忍辱惜和愧祖先。

欲卷雄兵达四海，同邀吾辈勒燕然。

金陵怀古

念及六朝古都沉浮事，兼读刘禹锡《西塞山怀古》，不
禁感慨万千。

金陵王气贯千秋，

坐看长江日夜浮。

愿与东风同会猎，

断无祖地事曹刘。

钟山细雨情难诉，

铁锁横沉恨未休。

百代英雄都看罢，

飞舟逐浪觅石头。

《西塞山怀古》

刘禹锡

王濬楼船下益州，金陵王气黯然收。

千寻铁锁沉江底，一片降幡出石头。

人世几回伤往事，山形依旧枕寒流。

今逢四海为家日，故垒萧萧芦获秋。

游尧都

偶翻旧卷忆长庚，

慧眼高天只手擎。

四海群生同进步，

五洲众业共繁荣。

慈心普度菩提愿，

苦口殷勤凤鸟鸣。

当日若识尧舜意①，

何愁风雨患无宁。

注释：

①尧舜意：指儒家所向往的大同之理想社会，据《尚书》所载尧舜所处的
上古时代天下为公、百姓昭明、协和万邦。

秋过秦皇岛

西风渐起燕门秋，
华叶纷纷欲尽收。
莫道人间无属意，
堪怜世上每争羞。
高谈偶笑秦皇梦，
独坐难消魏武愁。
海外仙山何处是？
沧波千载渡渔舟。

过往

孙悟空求学

懵懂猢狲慕道名，

跋山涉水远学行。

十年杂役不觉苦，

半日玄机变幻平。

厚语千朝身自隐，

征程万里影独鸣。

一别祖地难回首，

心念师恩热泪萦。

孙悟空大闹天宫

金猴奋起斗群妖，

打破天庭战宝霄。

玉帝有心责傲吏，

如来翻手护同僚。

可堪大圣难驱虎，

无奈猢狲患射雕。

五指山横思广宇，

百年愁看万魔消。

感怀孔子

　　9 月 28 日是孔子的生日，他的思想都深深影响了后世中国。

八百春秋礼义凋，

三千儒子泣云霄。

行仁觉智称周旦，

恕己及他做舜尧。

满腹经纶愁古道，

饥肠辘辘笑今朝。

幡然醒悟何由己，

惯看人间大士寥！

感怀孟子

　　孟子说："五百年必有王者兴，其间必有名世者。由周而来，七百有余岁矣。以其数，则过矣；以其时考之，则可矣。夫天未欲平治天下也；如欲平治天下，当今之世，舍我其谁也？我何为不豫哉！"

礼崩乐溃谁能易，

复梦周公笑吾痴。

遍走列国宣圣道，

忽生华发怅[1]真知。

谦恭霸主耽[2]佳句，

踉跄苍生盼义师。

五百年来仍乱世，

太平舍我正当时。

注释：

①怅：指惆怅。

②耽：指沉迷。

春秋无义战

擂鼓声声战火传，

周王九鼎枉空悬。

莫同霸主争公理，

直与枭雄亮铁拳。

笑看春秋书大义，

愁观世上笼硝烟。

古今多少齐桓梦，

白骨无辜覆井田^①。

注释：

①井田：指周朝的公田。

秦铸十二金人

秦始皇"收天下之兵，聚之咸阳，销锋镝，铸以为金人十二"，以为王位可传万世，叹！

席卷八方犹剩勇，

君临天下尚多商。

秦皇销铁千金柱，

陈涉揭竿万木枪。

秦始皇禁而未焚书

　　袁枚《随园诗话》卷五中记录了清人黄石牧说过的话："秦禁书，禁在民，不禁在官；故内府博士所藏，并未亡也。"不禁感慨！

九州复统志何孤，

独断乾纲霸政虚。

悉缴刀山融旧铁，

尽收卷海束新庐。

秦皇有意竭民怨，

项羽无心毁圣书。

可叹冲天燃怒火，

阿房万册一并除。

感惜韩信大将军

常胜将军百战先，

枪痕累累痛如烟。

危机独断施绝手，

大势谋成扭乱乾。

鸟尽弓藏当鉴史，

文韬武略莫求全。

英雄自古多劫难，

一片忠心枉壮年。

曹植《七步诗》有感

　　三国时期魏国曹丕为了至高无上之权力而欲杀其弟曹植，
植作《七步诗》令丕回头，后世多有效仿，颇感慨！

刀光血影意称雄，

过客千年乐不穷。

但看钻营著劣迹，

何堪立业建丰功。

惊涛拍岸难回首，

接踵堆沙一梦空。

逐利争权多变态，

薄情寡义少全终。

感怀李白

意气风华旧梦真，
胸怀万卷待阳春。
太平志坎摧孤叟，
乱世局艰虐众民。
猰貐磨牙思壮士，
驺虞闭口笑经纶。
古来往事今回叹，
千载甘为野钓人。

感怀杜甫

裘马清狂展凤图，
一从宦海莫随予。
野贤羁旅期丹诏，
微吏悲行泣史书。
梦绕今朝终寂寞，
语惊后世枉唏嘘。
谁怜泪血凝诗卷，
可叹孤心向草庐。

依韵和杜甫《峡中览物》

风华诗酒日如梭，年少周游挚友多。

盛世遗贤伤瘦马，危邦掾吏痛山河。

孤灯奋笔依尧舜，茅舍充饥赖薜萝。

望眼故国心事乱，几经辗转剩悲歌。

《峡中览物》

杜甫

曾为掾吏趋三辅，忆在潼关诗兴多。

巫峡忽如瞻华岳，蜀江犹似见黄河。

舟中得病移衾枕，洞口经春长薜萝。

形胜有馀风土恶，几时回首一高歌。

依韵和曹松《己亥岁二首·其一》

万里江山入画图，

一腔热血对樵苏。

江湖卅载忧君事，

白首功名笑骨枯。

《己亥岁二首·其一》

曹松

泽国江山入战图，生民何计乐樵苏。

凭君莫话封侯事，一将功成万骨枯。

读《唐史》有感

百年基业创何荣，
往复兴衰患守成。
一代雄魂难寄梦，
三朝弟子易享平。
官僚结党危国祚，
庸吏胡为害众生。
欲得千秋长久治，
尚需广谏共争鸣。

感怀岳飞将军（一）

武穆残碑野岸寻，

拂波拍浪感浮沉。

精忠敕字何情浅，

热血昭天此义深。

遗恨千秋存定论，

贪欢半壁忘初心。

繁华看尽都一梦，

依旧痴蛾贯古今。

感怀岳飞将军（二）

3月24日为南宋民族英雄岳飞的生日，精忠报国无门，常恨："天理昭昭，天理昭昭。"

权钱声色日欢歌，

国脆民危可奈何。

贤士忠良常恨少，

逆臣贼子古来多。

感怀辛弃疾

北望中原祖地寻，

欲收残瓦每登临。

只身破阵酬国耻，

白发垂文展世音。

竖子谁堪谋大业，

英雄本就敞胸襟。

初心不改苍生梦，

一念难归瘦马吟。

依韵和王阳明《元夕二首·其一》

经年玉魄耀今宵，对镜长嗟万里遥。

巷陌烟花声渐闹，人间春色几时娇。

欲邀仙子闻霜苦，敢效先贤论汉昭。

把酒滔滔舒吾意，凭栏瑟瑟醉风飘。

《元夕二首·其一》

王守仁

故园今夕是元宵，独向蛮村坐寂寥。

赖有遗经堪作伴，喜无车马过相邀。

春还草阁梅先动，月满虚庭雪未消。

堂上花灯诸弟集，重闱应念一身遥。

读唐伯虎"临终诗"

人生问道坎坷寻，

世上娑婆鬼域森。

莫惧轮回千百遍，

直须除恶筑丹心。

临终诗

唐寅

生在阳间有散场，死归地府又何妨。

阳间地府俱相似，只当漂流在异乡。

明末袁崇焕

作为大明朝的中流砥柱，袁崇焕只身抵挡关外努尔哈赤的十万精兵！然而忧患之际的明朝崇祯皇帝不信忠臣，唯信谗言！可怜一代名将袁崇焕竟然被诱捕下狱，并被凌迟处死，何其惨矣！而大明的江山也不久亡之，何其悲矣！

闲池紧锁隐英名，

沉雪谁非旧事轻。

夜影觥筹抛九死，

黎光浅醉付一生。

浓云百变多读史，

险浪千回少愤平。

望眼蓬莱知梦远，

飞舟莫怠继前行。

依韵和和珅"绝命诗"

半生显赫梦何真，

万贯家财一并尘。

行到黄泉知悔日，

烟飘尽处是奴身。

绝命诗

和珅

五十年来梦幻真，今朝撒手谢红尘。

他日水泛含龙日，认取香烟是后身。

读李鸿章《入都·其一》有感

风华仗剑意方遒，著史还须大道谋。

变法师夷当盛赞，和戎损土断无由。

人间盼有安国士，天下何缺万户侯？

满地疮痍都误尽，不如早醒到瀛洲！

《入都·其一》

李鸿章

丈夫只手把吴钩，意气高于百尺楼。

一万年来谁著史，三千里外欲封侯。

定将捷足随途骥，那有闲情逐水鸥！

笑指泸沟桥畔月，几人从此到瀛洲。

读《清史》有感（一）

　　清朝统治者对外闭关锁国、对内专制愚民，致使中国自近代以来长期落后于西方，中华民族面临生死存亡的绝境！当今之国人应当铭记历史！

风雨前朝三百载，

神州举目遍疮痍。

生灵涂炭怜牛马，

显贵专权恨鬼鸱。

国锁民愚文字狱，

内凶外辱帝王师。

忍观商女歌旧世，

谁记炎黄往事悲？

读《清史》有感（二）

　　当前的影视剧大多在美化清朝，而完全忘却了帝制下普通百姓的悲苦，只剩下对康熙、乾隆这些帝王的赞美，可悲！

云散烟消旧事幽，

神州不见有人愁。

当时苦泪苍生泣，

今日欢歌圣主讴。

禁技愚民藏劣策，

锁国自大露真谋。

好学多智徒私干，

专制凶残误千秋。

纪念孙中山先生

列寇蚕食赤县秋，

黎民水火匹夫忧。

五洲呐喊先行者，

四海翻腾醒世牛。

实业兴国知远虑，

共和宪政叹深谋。

魂归玄武情难尽，

梦绕神州志待酬。

依韵和陈独秀《金粉泪·其五十六》

古来刀剑竞纷争，

仁义篇篇似眼明。

万卷经书难济世，

风吹四野笑书生。

《金粉泪·其五十六》

陈独秀

自来亡国多妖孽，一世兴衰照眼明。

幸有艰难能炼骨，依然白发老书生。

纪念毛泽东同志

　　毛泽东同志的气魄与功绩，必将激励一代又一代的后人！
本诗首次发表于《东君草堂诗选》，今选入新册。

龙华喋血痛沉沦，

敢效陈王扫旧尘。

星火燎原驱纸虎，

万山红遍筑新魂。

雄文六卷觉今古，

语录千条励后人。

江海翻波天又雪，

前车历历始惜春。

缅怀周恩来总理

青春壮志同逐鹿，
儒雅风流胜万军。
诸葛雄才恢汉业，
张良帷幄铸忠臣。
无双智勇倾国士，
两袖清风爱庶民。
日理万机堪重负，
中华崛起励来人。

赞彭德怀元帅

彭德怀元帅，古今真英雄也！

苦难无涯砥砺行，
金戈铁马向天横。
南征北战堪孙武，
平虏驱胡比卫卿。
虎踞龙盘争冠勇，
忠魂赤胆为民生。
英雄击水何惜骨，
范蠡江湖愧浪名。

《落花生》有感

　　著名作家许地山先生笔名落花生，其女儿许燕吉命运多舛。前半生历经诸多坎坷，与目不识丁的农民结婚；后半生对老伴不离不弃，诚为可敬。许燕吉曾著书《我是落花生的女儿》。

忽来风雨眼前横，
恩怨沉浮忐忑行。
半世飘零谁看透，
一生无悔落花生。

旷日大雾霾有感

2016 年年末旷日大雾霾，甚至有专家指出太行山和三北防护林植被遭破坏是此次雾霾的主因，实在谬矣。

霾雾沉沉锁瓮中，

苍龙黯黯缚群翁。

循因禹帝原非易，

混事庸医每乱蒙。

欲怪太行山挡道，

还疑三北树遮风。

开天辟地千秋隙，

为问猢狲几日雄？

雾霾成因新解有感

　　2016年有专家言雾霾的成因在于田里烧秸秆、家里做饭、路边烧烤熏肉等，而全然不顾工业污染、烧煤炼铁、汽油含硫过多，以及环保设施空置等主要原因！

霾锁京华遁路蹒，

追因溯果议难全。

耕田烧秆今愁吏，

做饭生烟古笑贤。

燕赵钢山诚罔顾，

伦敦雾海夜无眠。

州官放火前朝事，

百姓燃灯已万年。

郁金香泡沫有感

余近日读金融史，知有 17 世纪荷兰郁金香泡沫，亦被称为郁金香效应，甚是荒唐。

香草一株望眼愁，

全民竞购哪般悠。

飞天泡沫谁人惧，

击鼓传花万事休。

不撞南墙难悔过，

未临绝境岂回头？

风光无限南柯梦，

麦穗秋来半秤收！

赋诗庆阴霾将尽

连日霾熏人欲溃，
今朝云淡鸟高飞。
喜出户外忽生泪，
乐看群生久沐辉。
尘世情薄心叵测，
天庭法大道无违。
北风冽冽何足惧，
草木凄凄奈势微。

如来

惆怅客

重读青史泪潸然，
百代于今壮士闲。
屈子歌消湘水去，
太白曲罢剡溪还。
家国有梦宏图展，
社稷无心寸步艰。
看尽人间惆怅客，
直须斗酒恣欢颜。

同学会

新岁同学期小聚，

春来老友乐茶融。

官学寒士觥筹浅，

商企新豪雾海朦。

议论民生争渐烈，

谈及旧事叹华匆。

青春笑貌微霜鬓，

数载三观各不同。

渐远

时间和经历常常拉开彼此之间的距离，即便是发小旧友，好比鲁迅和闰土，也不能幸免，不禁感伤。

人生自是少年闲，

老大方知举步难。

遍踏五湖博富贵，

劳奔四海觅衣冠。

青春竹马言新梦，

华发同窗忆旧欢。

酒尽三杯忽寡语，

渐行渐远渐失观。

恩怨

恩怨金戈是与非，
百年回看愿何违。
虚名浪落一身碎，
大业锤成万骨微。
世道曲折唏暗障，
人心自在笑余威。
中流击水无须悔，
雾散尘消现日晖。

牢骚

神州百载竞纷喧，

内外风云动地昏。

忍笑螳螂争霸主，

放声黄帝累猢狲。

牢骚太盛肝肠断，

忧患无时烈骨存。

铁马冰河多壮志，

金戈万里铸忠魂。

少年时

中国之大学严进宽出，学生一旦考上大学往往就变得贪玩，浪费时间。吾每观此等后生即觉可惜，故赋诗鼓励之。

青春懵懂弄潮儿，
野马脱缰不可追。
万里长征何缓步，
千秋功遂莫迟疑。
垂髫甘相开秦土，
弱冠嫖姚振汉师。
寄语诸君惜日月，
折花最是少年时。

磨砺

紫奈青红熟各半，

欲食难定望天涯。

先甜后涩何堪苦，

推倒重来枉泪奢。

百载人生如品果，

恍然过客似燃花。

青春年少多磨砺，

莫待冬来应不暇。

自醒

万事功成需九死，
半丝侥幸莫痴依。
一心主动难说易，
百遍相催满目非。
人海茫茫缘分浅，
世间攘攘志同微。
等闲一语觉人醒，
迷路千言枉日辉。

自 强

风雨忽来料未防，

昏天暗日几多狂。

江湖浪险何方岸，

正道沧桑满目霜。

常夜狐欢图意气，

今朝鸟散剩迷茫。

千难身锁无他解，

万苦心煎尚自强。

奋斗

万象婆娑昼夜驰，

茫然躁动枉相期。

生机处处须眼慧，

硕果连连莫手迟。

岂效愚人空抱怨，

应师智者彻深思。

学当致用行天下，

独念荒经此道亏。

寒窗

十载寒窗思枉乱，

一朝酒醒病缠身。

心中壮志多缥缈，

梦里辛酸亦泪频。

新痛根除无巧径，

旧愁彻解有因循。

疾风骤雨还需静，

参透阴阳始见春。

解魔方

　　要想做成有挑战性的事，须先了解规律并反复试错，坚持不懈，终有一天能豁然开朗掌握规律而变得游刃有余。

初碰魔方底事蒙，

眼前错序恼白翁。

漫玩随性识三体，

著意寻规垒九宫。

辗转执迷愁后计，

蓦然顿醒笑前功。

千峰万壑何足惧，

手缚金龙大道通。

半步先

思接千载意徘徊，
笑看人间点将台。
济世经纶空冷对，
安民久策枉相猜。
巡天半刻狂人语，
妙手长生大士呆。
剑指梅林交口赞，
领先半步是英才。

卓越

人世多劫鬼怪汹，
劝君正视莫平庸。
平川大路爬荒草，
峭壁悬崖立古松。
天降妖魔虽定数，
兵来将挡亦从容。
艰难苦旅真磨砺，
宝剑石开更润锋。

身教

每将成败语人听，
常叹无闻剩寡鸣。
口吐莲花真士笑，
身开伟业众生惊。
书中演义千招隐，
世上乾坤百道精。
暂且从戎搁笔墨，
江湖浪里捕长鲸。

益友

创业艰难合众勇，

识人辨玉莫凭爻。

雪中送炭亲兄弟，

险里同行铸至交。

岂信豪言情万丈，

从来巧口义轻抛。

人生数载结同志，

百战洪波共捕蛟。

君道

望眼尘嚣路未平，

三皇梦绕祖龙萦。

黄河百曲无捷径，

岱岳千盘有纵横。

猛士山巅谋大道，

俗夫檐下计残羹。

猿啼两岸何足虑，

万里浊波水待清。

问灵魂

千载轮回谁自醒，

执迷不悟只三餐。

佛陀讲法屠刀立，

孔孟行仁大道跚。

放眼天河征土渺，

回观近古帝宫残。

灵魂深处私心斗，

始看人间大路宽。

勒索病毒爆发有感

　　此次名为 wannacry 的勒索病毒，只发生在微软的 Windows 系统上，利用的是已知的漏洞，即文件共享端口。微软正主推 windows10 和它的正版 office，据说只要安装正版系统和软件就不会被感染，也就不会被勒索。

　　我们已经进入信息和网络时代，信息基础设施已经如公路、石油一样成为一个国家的基础命脉，不容得被破坏或者控制。在没有全球统一的信用体系前，每一个国家都应当维护自己信息基础设施的安全。

　　　　肆虐蠕毒世界游，高科绑架智人愁。

　　　　信息数化知难却，网络深联料不休。

　　　　四海逐波需好桨，五湖踏浪赖良舟。

　　　　中流砥柱国之本，租借舶来少自由。

科技兴邦

京华近日遍春妆，

五色缤纷万类忙。

壮丽秦宫十代建，

恢弘汉制百朝强。

信息蹈海刀初试，

铜铁翻波智欲藏。①

俯瞰人间心事重，

千年大计不寻常。②

注释：

①铜铁翻波智欲藏：指引入智力的机器，即人工智能；

②千年大计不寻常：信息科技和人工智能将极大改变人类当下的社会文明，但其不是一挥而就的，需要几代人的共同努力。

种桃道士

　　人类已经进入信息时代，一个有为的国家必须坚决保护知识产权，否则人人都想轻松摘桃子——抄袭别人成果，那么最终将无人愿意潜心发明创造，这个国家也终将被整体淘汰！吾忧矣！

美味蟠桃叹久违，

瑶池宴乐渐趋微。

西山圣母心存怨，

四海仙家腹忍饥。

万亩荒园甘寂寞，

三千岁月始芳菲。

种桃道士今何在，

新树难寻硕果稀。

科学高山

人浮市井闹喧天，
独上高山寂寞仙。
望眼前川无限意，
红尘已是百年烟。

观宇宙

现代科学已证明地球并非绕着太阳转，准确地说月绕地、地绕日都不是围绕一个静态的点运动，因为所谓的被绕点也在绕着其他物体运动，所以成了螺旋前进的模式飞行，那么宇宙的中心到底何在？

日月周行似等闲，

坐观绕地过千年。

此中谬误幡然醒，

局外深思慨叹连。

万物飞驰相对静，

四时交替莫无前。

螺旋并进知何去，

网里乾坤一线牵。

数据库范式理论有感

关系数据库范式理论 1NF，2NF，3NF，BCNF，4NF，5NF……依据函数依赖、多值依赖、连接依赖……逐层深入，特别值得一提的是，前者是后者的特例！

盘古开天化万尘，

物分类聚隐前因。

盲人摸象模型现，

蚂蚁缘槐范式循。

函数关联出混沌，

多值依赖解迷津。

登高渐览群山面，

回首方知此道真。

UNIX 操作系统有感

计算机的灵魂是操作系统，UNIX（尤尼斯）操作系统是现代操作系统的始祖，为后世各种操作系统的开发奠定了基础。

造化阴阳自动机，

体强神弱几多悲。

一朝撼木蚍蜉叹，

跬步移山智叟疑。

万类归一文件树，

千流模化进程池。

当年雏鸟今朝祖，

成败开源事后知。

区块链星云有感

区块链以其去中心化、难篡改、准匿名化的技术特点成为革命性的信息技术，推进了整个社会的巨大变革。人类文明即信用文明，信用文明将永远朝着信用交易成本最低的方向发展，"区块链＋"将大大促进信用文明的发展。

娲母抟沙^①日渐愁，人猿别后斗石头^②。

惜无利药医俗骨，盼有神方解自由。

铁锁^③初横通彼岸^④，星云^⑤若隐化仙舟。

千年不遇今朝现，谁主风流笑仲谋?

注释:

①抟沙:指女娲造人。

②石头:指石器时代，泛指人类现有文明。

③铁锁:指区块链。

④彼岸:指自由的地方。

⑤星云:指物联网及云计算。

赞人工智能

感慨于人工智能 AI 和生物智能 BI 的迅猛发展，人类迟早
会按照自己的模样创造出真正的新人类——智能机器人。

天地浑然莫叹匆，

无中幻有启鸿蒙。

阴阳漫妙乾坤转，

万物魂牵态势丰。

绝顶聪明当类我，

人工智器亦堪雄。

咿呀学步循重演，

弹指新高笑旧翁。

赞数字文明

文明初叶几时真，

造化阴阳始幻尘。

书简成山薪火旺，

零壹遁迹智能春。

有形百载多将朽，

数字千年总是新。

懵懂蹒跚别旧日，

一朝奋起笑前津。

识万类

古来意象谁先后，
千载贤生竞苦猜。
物态驰行遵大道，
灵光若现恰如来。
有形时变趋无序，
一念魂成化百胎。
万类阴阳犹自体，
观花明灭但心开。

童心

懵懂纯真思捣怪，

捉鱼戏水好攀槐。

哪吒闹海龙王颤，

大圣翻天玉帝乖。

忽看顽儿来洗碗，

但观慈父乐生怀。

童心渐醒恩亲意，

嫩语迟开社稷①差②。

注释：

①社稷：指社会。

②差：原指差事，引申为社会的重任。

安好

几番梦醒夜难眠，
泪眼窗前晓月残。
别却经年谙旧貌，
相逢何载怯新颜？
行踪渐远空牵挂，
音信全无奈寡欢。
且笑痴情如我醉，
汝今安好即心安！

安心

荣华富贵眼前烟，
薪火相传永世贤。
一语幡然觉旧梦，
三言牢记启新篇。
任它聒噪分分扰，
我自明心刻刻安。
笑览群山绝顶小，
神游四海骇波闲。

平淡

世事无常难预料，
光阴数载易蹉跎。
悲欣交聚思千转，
福祸相依叹百磨。
回首浮云皆看淡，
眼前风雨又如何。
否极泰至心石定，
载酒江湖任野歌。

安生

人生如梦何时醒，
过客匆匆底事萦。
天下分合皆有数，
儿孙福禄自前程。
但观名利烟云聚，
且看沉浮万仞横。
欲碎身心诚枉负，
怡情养性最当行。

不语

天道绵延万世功，

猢狲半懂莫争聪。

欲为大士何须辩，

望而无答一笑中。

怡情

老大蹉跎惑渐无，
银烛恨短乐偏隅。
离骚悦目拾春梦，
遁甲怡情演世图。

书 香

薪火相承盼远延，
漫读青史道纲乾。
天光映雪惜寒士，
孟母择邻育世贤。
俭朴修身行孝悌，
无私侠义志桑田。
但观万贯多疾朽，
唯有书香百世传。

学 诗

有意学诗求妙法，
叹观卷海似辞穷。
常读佳作识心志，
遍访名川采世风。
莫话闲情堆艳语，
当言真境化天工。
池塘春草风骚异，
得道诗家曲路同。

写诗

千古唐诗诵不衰，

而今欲作苦寻规。

依格遵律虽难守，

存雅传神岂易追？

最忌长文空丽藻，

当推短句启真知。

乾隆万卷谁人记，

崔颢一篇后世师。

诗心

　　作诗也罢，著书也罢，当是为启迪世人的智慧。不必过度
关注当下的得失和旁人的冷眼，宜坚定地按照初心砥砺前行。

猛然梦醒叹荒龄，

愧忆初心枉泪横。

每患得失迷大道，

常思冷眼怯中行。

愿燃微火觉今智，

甘继绝学启后生。

且看毛诗多佚氏①，

关雎②无意赚功名。

注释：

①佚氏：佚指散失，佚氏指无名姓之人。

②关雎："关雎"出自《诗经·国风·周南》中《关雎》一诗，此诗也为
全书之首篇。《关雎》作者不详，而其诗则大家耳熟能详。其诗云："关关雎鸠，
在河之洲。窈窕淑女，君子好逑……"

改友人（张德清）诗·登临

久居闹市负长庚，春近郊园乐斗明。

云渡星河诚浩渺，神驰寰宇任心行。

闲抛粼碎吴钩浅，吼唱惊飞两岸清。

一览高天逐邃密，六合璀璨亮谁赢？

改友人（张德清）诗·感望

金波极目千村隐，麦浪遥闻万户香。

慨叹人间翻旧页，乐哉我辈上明堂。

史传文景铢绳断，书载贞观米库黄。

若论康乾称盛世，何堪今岁共和强！

改写《宿新市徐公店》

　　偶读小学课本中宋代杨万里先生的《宿新市徐公店》，原诗中"落""花"二字重复、"菜花"言似不雅、第三句平仄出格，另外诗宜求言尽意不尽，故生改写之意，姑且班门弄斧。

篱院疏疏一径深，

树头花落未成阴。

儿童急走追蝶去，

飞入丛中笑不寻。

《宿新市徐公店》

杨万里

篱落疏疏一径深，树头花落未成阴。

儿童急走追黄蝶，飞入菜花无处寻。

夜梦南极翁

梦遇南极远客仙，
嘘寒问暖意相牵。
翁兄旧日须还短，
转眼人间若许年。

刻丹心

世间攘攘争时闹，
我自悠悠慕圣贤。
笔刻丹心昭日月，
思穿亘古越千年。

览旧书

文王去后周邦乱，
裂土封国患未穷。
孔孟高谈愁济世，
秦皇独断笑称雄。
千秋人物评说异，
百代炎黄政略同。
览尽旧书谁会意，
新凉灯火叹时匆。

觅真佛

花开时短意生慈，
花谢难堪感世悲。
欲救有情别苦海，
愿行万里觅真师。
荒郊山寺烟缭绕，
闹市禅堂影不疲。
踏破铁鞋君莫笑，
如来只在自心持。

颂地藏王菩萨本愿经

　　地藏菩萨于久远劫前发重誓：众生度尽，方证菩提；地
狱未空，誓不成佛。而今地藏菩萨在无佛的"五浊恶世"即
劫浊、见浊、烦恼浊、众生浊、命浊之中济度众生，"愿我
尽未来劫，应有罪苦众生，广设方便，使令解脱"。

末法愚痴恶渐汹，

五浊乱世苦无穷。

菩提觉后轮回尽，

地藏佛前鬼狱空。

久远劫时发伟誓，

未来日里渡神功。

世尊含笑十方赞，

今我怀悲此愿同。

坦荡

风云际会多无妄，
老树摧腰片刻伤。
百难折磨身欲碎，
万劫往复意堪茫。
胸怀坦荡君行正，
天律深藏鬼事猖。
但看慈悲佛不语，
拈花一笑照真章。

梦补天石

　　曾睹长白山乘槎河口的补天石，相传此石为女娲所置，《红楼梦》亦有所载，今偶梦之。

数十年里面天机，
亿万星河对镜思。
鹏祖无心出海底，
苍龙有意探洋池。
风云骤乱寻仙路，
山雨齐来动地基。
莫叹前生遗世外，
乘槎揽月会当时。

新愚公

壮功苦战启新篇，

烟去云消又恶关。

一日身犹千仞亘，

卅年步缓万崖环。

西风呼啸鹰枭挚，

冷雪初来虎豹闲。

何忍人间遗后患，

愚公未老再移山。

观自在

本就无心观自在，
今朝有我坠红尘。
生来万苦博一乐，
阅尽沧桑醒世因。

花间一笑禅

夜深、人静，任窗外风雨大作；读书、写字，忽忆前尘往事，
无限感怀……

夜半翻书念万千，

斑斑点点忆当年。

狂风唳鹤思寰宇，

壮志豪情梦日边。

年少激昂谙世浅，

老来不惑晓人贤。

莫谈天下沉浮事，

只做花间一笑禅。

仰望浩瀚的星空，思索无穷的宇宙，我们才知道地球的渺小寻常、人类历史的须臾短暂。

我们不过是宇宙中的一个点、一个瞬间。

诚如天文学家卡尔·萨根所言：就是在这个微小的小点上，每个你爱的人、每个你认识的人、每个你曾经听过的人，以及每个曾经存在的人，都在那里过完一生。

细数那三皇五帝、唐尧夏禹、孔丘韩非、盗跖庄蹻、秦皇汉武、陈胜吴广，回看那诸子百家、英雄大盗、犬牙儒夫、渔樵市侩，更有那数不清的农民工人……

这亿万的苍生，他们所有的爱恋、所有的苦楚、所有的执着、所有的争斗都在这么一个微小的点里激烈地撞击出火花，又黯然失色。他们怀揣着各自的光荣与梦想，试图成为永恒，主宰一切。然而跳出地球的藩篱，从宇宙星尘的尺度上再看这一切，又是如此平静，没有一点涟漪，又是如此短暂，仿佛这一切从未发生过。

不禁想起唐代大诗人李白的感慨："夫天地者，万物之逆旅也；光阴者，百代之过客也。而浮生若梦，为欢几何？"

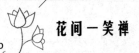
是啊，浮生若梦，为欢几何？

智者的心灵是相通的。

人猿别后，人类独自走过了石器时代、铜器时代、铁器时代，走入信息时代，岁月既漫长又匆匆。抛却所有会猎弯弓的激情，抛却所有颠沛流离的磕绊，抛却所有爱恨悲欢的纠葛，人类牢牢地抓住了科学之藤，不停地攀援，甚至越来越快。

今天，人类正迎接伟大的新文明。既有的人类文明孕育了伟大的现代科学，而现代科学又将引导人类开启伟大的新文明之门，我们无法再回到过去，只能前行。

伟大的新文明将以全部的理性力量来激励人类迎接新的巨大挑战。从此，理智将超越情感。人文情怀作为人类所特有的抒发感情、慰藉精神、坚定信仰、观照生命的重要方式或将不再必须。新人类注定会自觉地遵循和维护理性之光，并以此摆脱旧的人类历史周期律的束缚，新人类也终将获得更大的自由。

毫无疑问，在信息飞速发展的今日，驻足回首是多么的奢侈！更何况琼筵坐花、羽觞醉月！

愿本书能触动所有读者的心灵，重温我们的过往，思考人类的使命，感悟花间一笑的禅缘，醒来。

借用戈登·莱特富特的一句话：如果你能读懂我的心，那你一定能读懂我的爱。

新的时代已经开始，我们都不能再彷徨……

李晋

东君草堂

2018年8月